AF290438

La grotte au mammouth

Denis Cordat

LA GROTTE AU MAMMOUTH

Édition : BoD · Books on Demand, 31 avenue Saint-Rémy, 57600 Forbach, bod@bod.fr
Impression : Libri Plureos GmbH, Friedensallee 273, 22763 Hamburg (Allemagne)

ISBN : 978-2-3226-3450-7
Dépôt légal : Mai 2025

I
LA GROTTE

La grotte – épisode 1

Toute création artistique est un acte que l'on peut dire « déraisonnable », dans la mesure où c'est un pas de côté par rapport à la satisfaction des besoins essentiels. Une folie en quelque sorte, surtout en ces temps reculés où la vie tenait à peu de choses.

Suivez-moi. Nous allons remonter le temps.

Nous sommes dans une grotte au moment où les hommes s'apprêtent à partir chasser. La chasse est un moment fort, essentiel, une question de survie, mais aussi une façon pour les plus valeureux de montrer leur courage, chacun caressant l'espoir de se distinguer et d'acquérir ainsi le statut de chef.

L'excitation est à son comble. Les chasseurs brandissent leurs piques dont ils ont durci au feu les pointes acérées, en poussant des cris semblables au beuglement des aurochs. Ce soir, il y aura bombance autour du brasier et les femmes sauront récompenser les valeureux chasseurs !

« Ok, tout le monde est là ? Ah non, il en manque un. Qu'est-ce que tu fais ? Pourquoi ne viens-tu pas avec nous ? On a repéré un troupeau d'aurochs. Ça va être une belle partie de chasse ! »

Au fond de la grotte, un homme lève les yeux au ciel, indifférent à l'excitation qui a gagné ses camarades. Ses connaissances et sa parfaite maîtrise du langage lui valent quotidiennement des quolibets. Il ne fait pas bon être raffiné et cultivé en ces temps brutaux.

A l'écart des autres, il prépare en silence des pigments de différentes couleurs.

Le seul autre membre du groupe à parler correctement présente l'avantage d'être un chasseur émérite, et c'est pour cela qu'il a été choisi comme chef.

« Donc, une fois de plus, tu ne vas pas venir avec nous ?

- Désolé, je préfère rester ici.

- Qu'as-tu de mieux à faire ?

- J'ai quelques peintures à finir sur la paroi. »

Les autres éclatent d'un rire gras qui résonne dans la grotte, ce qui fait pleurer les bébés emmitouflés dans des couvertures en peaux de bêtes.

Le chef secoue la tête en s'éloignant, suivi de près par les autres chasseurs.

« Il faut vraiment être fou pour préférer la peinture à une partie de chasse ! »

Chers lecteurs, vous venez de faire la connaissance du petit groupe et, en particulier, d'un homme, un artiste, qui semble venu d'une autre époque. Pour l'instant, il est la cible de moqueries, mais cela pourrait bien changer. Nous ne sommes qu'au début de cette histoire.

La grotte – épisode 2

Ce soir, les chasseurs sont rentrés bredouilles. Les aurochs ont évité les piques et donné des coups de cornes qui ont fait de nombreux blessés.

Les femmes les installent autour du feu et recouvrent leurs plaies d'un onguent que la plus âgée d'entre elles sait préparer.

Les chasseurs ne seront pas sur pied avant plusieurs jours et les stocks de nourriture vont rapidement s'épuiser. L'inquiétude se lit sur les visages.

« Ce que je crains le plus, dit l'artiste, c'est que si le chef meurt, vous ne fassiez plus de progrès en expression orale ! »

En effet, comme nous l'avons vu dans le premier épisode, le chef et le peintre sont les seuls à parler correctement. Si les chasseurs et les femmes s'expriment de façon rustre, en revanche rien ne leur échappe et les propos vexants du peintre les mirent en rage.

« Toi, paresseux. Jamais chasser, jamais cueillir. Nouveaux dessins moches, pas ressemblants ! »

Je vous avais prévenus. Avec eux on était plus proche de certains chanteurs d'aujourd'hui que de Bossuet. Ceci dit, ils n'avaient pas tort au sujet des dessins de mammouths. Ils n'étaient pas très ressemblants, mais c'était volontaire.

« Incultes ! reprit l'artiste, vous ne connaissez rien en art. Avec vous, on n'est pas sortis de la grotte ! »

Même si les autres avaient du mal à saisir le sens de cette dernière phrase, ils en comprenaient le ton railleur. Les hommes, blessés, n'étaient pas en état de se lever. En revanche, les femmes de l'époque, qui n'étaient pas chétives, se jetèrent à bras raccourcis sur le peintre et sur ses œuvres.

« Pitié ! Tuez-moi si vous voulez, mais n'effacez pas mes peintures ! »

Peine perdue. S'il s'en sortit avec quelques ecchymoses, les peintures rupestres d'aurochs furent perdues à jamais. Toutes sauf une que j'ai retrouvée dans un recoin de la grotte lors d'une récente expédition et que vous pouvez voir sur la page suivante.

« Bande de sauvages ! cria l'artiste. Vous avez détruit mes œuvres, mais vous n'avez pas détruit les beaux-arts et la modernité. Notez bien ce que je vais vous dire. Dans quelques millénaires, un artiste fera renaître ma vision du réel et ma façon de peindre ! »

Une prophétie qui, vous vous en doutez, laissa les autres totalement indifférents.

Nos lointains ancêtres ont-ils vaincu l'adversité ? Ont-ils trouvé le moyen d'éviter la famine ? Vous le saurez (peut-être) dans le prochain épisode.

La grotte – épisode 3

Cela faisait huit jours que les chasseurs étaient revenus blessés de leur partie de chasse et leur état s'était un peu amélioré. Toutefois, ils n'avaient pas regagné assez de force pour repartir chasser et, sans le gibier qu'ils rapportaient habituellement, la nourriture allait bientôt manquer à tout le groupe.

Le chef, pris d'une forte poussée de fièvre, se mit à chanter sur un air bien connu de nos jours, mais inconnu au paléolithique : « Si je meurs, je veux qu'on m'enterre dans une cave où y a du bon vin. »

Les autres, on s'en doute, ne comprenaient rien, sauf le peintre qui, comme nous l'avons dit, semblait venir d'une autre époque.

Les femmes l'interrogèrent : « C'est quoi chef veut dire ? Nous pas connaître cave. Nous pas connaître vin ! »

Le peintre boudait dans son coin depuis la destruction de ses peintures.

« Parle ou toi mort ! insistèrent les femmes. »

Alors, en haussant les épaules, le peintre leur proposa une version qui ne les éclaira pas davantage. « Si je meurs, je veux qu'on m'enterre dans une grotte où y a d'la bonne bière ».

Eh oui, chers lecteurs, il est désormais prouvé que nos lointains ancêtres maîtrisaient la fermentation des céréales et ne se contentaient pas d'eau de source. Toutefois, la quantité d'orge recueillie par ces chasseurs-cueilleurs était minime et seul le chef avait droit au breuvage alcoolisé. Toujours avec modération, bien sûr.

Huit jours sans viande et la faim tordait les estomacs. Les femmes portaient sur les blessés des regards qui manquaient de franchise et l'une d'elle osa dire tout haut ce que tout le monde pensait tout bas : « Si chef mourir, nous manger chef ! »

Sa proposition allait être adoptée quand le peintre intervint sèchement.

« Bande de cannibales ! Quelle image se feront de nous les générations futures si elles découvrent des os humains rongés ? »

Aussi étrange que cela puisse paraître à nos esprits contemporains, la postérité n'était pas une préoccupation majeure dans les grottes et, une fois de plus, le peintre passa pour un fou.

« Si toi plus fort, plus malin, toi dire faire quoi ! lança une femme courroucée. »

Toutes étaient curieuses de voir comment il allait répondre à ce défi.

Alors, il se produisit une chose incroyable. Celui qui subissait quotidiennement les moqueries du groupe, celui que l'on traitait de fou, se trouvant pour la première fois au centre de l'attention, monta sur un rocher et, prenant une pose pleine d'assurance, cria :

« Vous êtes avec moi ?

- Oui, répondirent d'abord timidement les membres du groupe encore valides.

- Je ne vous entends pas. La grotte, vous êtes avec moi ?

- Ouiii !

- Est-ce vous êtes chauds ce soir ?

- Ouiiiiii !!!

- Est-ce que la grotte est chaude ce soir ?

- Ouiiiiiiiii, nous sommes avec toi !!! crièrent les femmes, au comble de l'excitation.

- C'est mieux ! Alors voilà ce que j'ai à vous dire... »

La grotte - épisode 4

Le peintre éprouvait une grande fierté. Lui, le souffre-douleur, le laissé-pour-compte, se trouvait à présent au centre de l'attention.

Si, comme disent les anglais, un homme qui se noie se raccroche à une paille, nos femmes affamées n'allaient pas tarder à se raccrocher à un épi. Et même à beaucoup d'épis !

Sans parler, il fit signe de le suivre, et le petit groupe de femmes se mit en route vers une destination connue de lui seul.

Après une bonne heure de marche, ils arrivèrent à un champ où, à la grande surprise des femmes, les plantes étaient les mêmes, sur une grande étendue.

« Voici, dit l'artiste fièrement, ma plantation de blé.

- Plan-ta-tion ? C'est quoi ? demandèrent maladroitement les femmes. »

Ce mot était, bien sûr, inconnu des chasseurs-cueilleurs et il dut l'expliquer.

Il avait constaté que des graines tombées au sol germaient et que les plantes qui en sortaient donnaient à leur tour des graines. C'est par crainte des moqueries, ajouta-t-il, qu'il avait créé, en toute discrétion, cette plantation de blé, loin de la grotte.

Ayant achevé le bref exposé de ses motivations, il invita les femmes à récolter tous les grains qui seraient nécessaires pour tenir jusqu'à complète guérison des hommes.

Son expérience ayant éveillé la curiosité des femmes, elles se mirent à semer d'autres graines cueillies aux alentours et, petit à petit, les céréales trouvèrent leur place au côté de la viande. Même les carnivores les plus endurcis en vinrent à apprécier ce nouveau régime alimentaire plus équilibré.

Les paléontologues vous diront que tout cela ne tient pas debout, que l'agriculture est beaucoup plus récente, dix mille ans tout au plus. Le jour où l'un d'entre eux découvrira la grotte de mon histoire, ils devront tous réviser leur jugement. Mon petit groupe avait eu la chance de compter dans ses rangs un membre très en avance sur son temps.

De retour à la grotte, l'artiste montra au chef comment écraser les grains de blé sur une pierre pour obtenir une farine dont on pouvait faire du pain.

Et c'est ainsi que le chef des chasseurs, dès qu'il fut guéri, devint boulanger.

J'entends d'ici certains lecteurs mécontents.

« Quelle déchéance !

- Voir ce chasseur au courage exemplaire, qui affrontait sans peur les bêtes les plus féroces, réduit à la sédentarité dans la grotte…

- Quelle tristesse !

Imaginer ses mains naguère couvertes de sang, désormais couvertes de farine…

- Quelle déception ! »

Permettez-moi de ne pas partager cette opinion.

La grotte – épisode 5

Les hommes eurent droit à un peu de la bière habituellement réservée au chef car les femmes pensaient que ce breuvage pouvait contribuer à leur guérison. C'est ce qu'il fit. Leur état s'améliorait de jour en jour et, deux lunaisons après leur rencontre avec les aurochs, ils se sentirent guéris, à la grande satisfaction des femmes qui eurent la sagesse de ne pas exiger d'eux trop d'efforts nocturnes.

Guéris, mais toujours pas suffisamment rétablis pour envisager de nouvelles parties de chasse. Il fut donc décidé de poursuivre les cultures, en privilégiant l'orge et la production de bière.

Le peintre avait délaissé ses pinceaux pour se consacrer entièrement à la brasserie de fortune installée dans un coin de la grotte. Il y mettait tout son cœur et ne manquait pas une occasion de goûter au breuvage pour en vérifier la qualité. Aussi, quand le soir venait, après une journée passée à accomplir sa tâche avec zèle, il entonnait des chansons dont je ne peux reproduire ici les paroles de crainte d'être censuré. Il lui arrivait aussi de retirer sa peau de bête et de faire le tour de la caverne en courant, nu comme un ver, une chope à la main, chope taillée dans un bloc de pierre ou, parfois, dans un morceau de bois. Il avait une préférence pour la pierre qui, disait-il, donnait meilleur goût au précieux liquide.

Les hommes répétaient qu'il était fou, mais ils avaient besoin de son savoir-faire et s'amusaient de sa fantaisie.

Un problème se posa lorsque la production vint à dépasser les besoins du groupe. Que faire ? Il n'était pas question de la réduire car on craignait que le peintre, s'il n'était plus occupé à transformer l'orge en bière, reprenne ses « horribles » barbouillages sur les murs.

Il fut donc décidé de prendre contact avec d'autres groupes humains et de leur proposer de goûter au liquide mousseux.

L'homme qui était le mieux remis de ses blessures fut désigné pour aller de grotte en grotte proposer le produit. Avant son départ, on le nomma VRP : Voyageur Représentant du Paléolithique, titre dont il tira une grande fierté. Allez savoir pourquoi !

Sa mission fut couronnée de succès et on vit bientôt des hommes et des femmes venir chercher une outre de bière en échange d'un morceau de viande. « Troc pour boc » devint la devise de l'entreprise.

L'artiste aux multiples talents délaissa un moment ses cuves pour graver une enseigne qu'il plaça à l'entrée de la grotte.

Le bouche à oreille attira une clientèle toujours plus nombreuse et la viande ne manqua pas, bien au contraire, sans qu'il fût besoin d'aller chasser.

Tout allait donc pour le mieux dans la grotte, mais, comme chacun sait – sauf, apparemment, nos ancêtres du paléolithique – le mieux est l'ennemi du bien.

C'est ce que nous verrons dans le prochain épisode.

La grotte - épisode 6

Cette vie facile avait amolli les hommes. Les chasseurs vigoureux étaient devenus des buveurs de bière paresseux et boulimiques qui passaient leurs journées allongés mollement, en émettant borborygmes et flatulences, au grand désespoir des femmes. Ils s'en s'amusaient au point d'organiser entre eux des concours qui déclenchaient, à chaque nouvelle production, des torrents de rires. On me dit que c'est une pratique encore courante de nos jours, ce que je ne peux pas croire.

Un seul ne riait pas et c'était le chef dont la femme avait disparu depuis une semaine. La mascotte de la tribu, une hase variable apprivoisée, était aussi portée manquante.

Les femmes se parlaient souvent à l'oreille et pouffaient discrètement.

Elles avaient remarqué les échanges de regards entre la femme du chef et le chasseur d'un autre groupe qui venait régulièrement chercher de la bière. Pour les femmes, elle était partie le rejoindre, cela ne faisait aucun doute. Cependant, ce qui amusait les unes attristait l'autre. Notre chef boulanger n'avait pas le cœur à rire et encore moins à l'ouvrage.

Puis, au huitième jour après sa disparition, sa femme réapparut, non pas repentante, mais pleine d'assurance. Quasiment au même moment, ce fut au tour de la mascotte de pointer le bout de ses longues oreilles.

Alors le chef, s'adressant à sa femme, prononça des paroles qui, bien plus tard, connurent un grand succès dans la bouche d'un célèbre comédien.

« Ah, la voilà... La voilà... Tu l'as vue retourner la pomponette ? »

Puis, se tournant vers la hase, sur un ton de reproche.

« Dis, garce, salope, ordure, c'est maintenant que tu reviens, hein ? Et le pauvre pompon qui s'est fait un mauvais sang de bête depuis huit jours. Il tournait, il virait, il te cherchait dans tous les coins. Il était malheureux comme les pierres et elle, pendant ce temps-là, elle avait suivi son lièvre des cavernes, un inconnu, un bon à rien, un passant du clair de lune.»

Quand il eut fini, sa femme, au lieu d'exprimer le moindre regret, se leva et tint un discours vigoureux à destination des autres femmes.

« Mes chères sœurs, voyez ce que sont devenus nos hommes. Paresseux, obèses et alcooliques. Où sont les vaillants chasseurs d'autrefois ? Nous devons prendre le relais et, dès cet instant, je deviens votre chef. Le peintre, qui est le plus instruit d'entre nous, assurera des cours du soir pour améliorer votre expression orale. Pour l'écrit, on verra plus tard. »

Les hommes étaient trop lourds pour se lever et trop saouls pour protester. Il n'y eut donc personne pour s'opposer à la femme de celui qui, après son honneur, venait de perdre son statut de chef.

« Toutefois, reprit-elle, nous aimons toujours nos compagnons et nous devons tout faire pour qu'ils redeviennent tels que nous les avons connus.

Pour cela, nous allons supprimer la bière et réduire les portions de nourriture. En un mot, les mettre au régime.

- Si nous arrêtons la production de bière, de quoi allons-nous vivre ? demanda le peintre.

- Rassurez-vous, j'y ai pensé ! répondit la nouvelle cheffe. Lors de mon escapade, j'ai pu constater que les hommes des autres tribus ne valaient pas mieux. Ils se laissent aller, comme les nôtres. L'idée m'est donc venue de leur proposer le même régime alimentaire que celui que nous allons imposer ici. Au lieu de venir chercher de la bière, ils viendront prendre des paniers-repas diététiques qu'ils paieront, comme d'habitude, avec de la viande.

- C'est une idée géniale ! dit le peintre, admiratif. Mais que vais-je mettre sur la nouvelle enseigne, devant notre grotte ?

- J'ai pensé à "comme j'aime mon homme", suggéra la cheffe.

- Si je peux me permettre, c'est un peu discriminant. La personne aimée peut ne pas s'identifier comme homme.

- Soit, reprit la cheffe, que proposes-tu ?

- Je pense que "comme j'aime" suffirait. Ou bien "commejaime.fr", mais ce serait trop long de vous expliquer pourquoi. »

Il fut fait comme l'avait commandé la cheffe et la vie reprit bientôt un cours normal.

Normal ? Pas vraiment, car les femmes, qui avaient su se débrouiller sans les hommes, n'entendaient pas se soumettre de nouveau à eux.

La grotte – épisode 7

« Femme, il est temps de me rendre le pouvoir qui me revient de droit.

- De quel « droit » parles-tu, mon mari ?

- De celui qu'ont les hommes sur les femmes, voyons !

- Et d'où tenez-vous ce droit ?

- De notre force, de notre intelligence supérieure.

- Ah vraiment ! Voyons un peu… pendant que vous étiez presque morts, qui vous a soignés ? Qui vous a nourris ? Qui a trouvé le moyen de faire entrer de la viande dans la grotte ? Alors, mon mari, il n'est pas question que je renonce à être cheffe !

- C'est ce que nous allons voir ! dit l'ex-chef et actuel boulanger en se saisissant d'un rouleau à pâtisserie. Un simple gourdin en fait. »

L'artiste s'interposa, évitant un drame que je n'aurais pas aimé avoir à vous raconter.

Quand les esprits se furent un peu calmés, la femme reprit :

« Tant que tu ne me reconnaîtras pas comme cheffe, les femmes feront grotte à part ! »

L'ex-chef se contenta de hausser les épaules, ce qui provoqua la mise à exécution de la menace. Les femmes quittèrent les lieux, sous les rires et les moqueries des hommes, et elles s'installèrent avec leurs bébés dans une grotte toute proche.

« Elles ne tarderont pas à revenir. Elles ne peuvent pas se passer de nous. »

Rassurés par les paroles de celui qui avait encore de l'ascendant sur eux, les hommes passèrent une soirée tranquille, sans les pleurs des bébés.

Le jour d'après fut aussi très agréable. Il restait de la bière, de la viande et du pain… que demander de plus ? Sauf que, précisément, il manquait quelque chose qui, au fur et à mesure que les jours passaient, devenait de plus en plus problématique.

Parfois, le chef sortait de la grotte, espérant trouver sa compagne repentante. Il avait longuement réfléchi à ce qu'il allait lui dire. Il ne se montrerait pas trop dur avec elle et, même, il lui pardonnerait, à condition qu'elle promette de ne plus recommencer.

Au lieu de cela, il trouvait une femme sûre d'elle, effrontée, ce qui le mettait en rage. Toutefois, il était assez sage pour ne pas envenimer une situation déjà très tendue et, chaque fois, il rentrait dans la grotte en grommelant.

Les autres l'interrogeaient.

« Alors ? Vont-elles revenir bientôt ? »

Le chef, ne voulant pas perdre la face, déclarait avec vigueur…

« Je leur ai dit que la comédie avait assez duré et que si elles ne revenaient pas rapidement, nous prendrions de sanctions exemplaires ! »

Les chasseurs étaient impressionnés. « Voilà un homme qui sait parler aux femmes ! pensaient-ils. » Puis, ils interrogeaient de nouveau.

« Et alors ? Elles vont rentrer bientôt ? »

Le chef baissait les yeux.

« Je n'en sais fichtrement rien ! Oh, le peintre, toi que les femmes écoutent et respectent, va voir si tu peux les convaincre de revenir. »

Le peintre savait que ce moment viendrait et il accepta la mission avec un petit sourire.

Il avait déjà en tête un plan pour résoudre le conflit, mais il entendait le mettre en œuvre à son rythme. Les femmes acceptèrent de revenir pour parlementer. Elles s'installèrent face aux hommes, dans une attitude de défi, pas prêtes à céder un pouce de terrain.

Hommes et femmes se regardaient en chiens de terre cuite (la faïence n'ayant pas encore été inventée) et le silence était pesant.

Le peintre prit la parole.

« Allons, allons, vous n'allez pas continuer à vous quereller. Il faut trouver un compromis et, justement, j'en ai un à vous soumettre. »

Les regards se tournèrent vers lui.

« Je veux d'abord que vous acceptiez par avance la solution que je vais vous proposer. Si, après l'avoir essayée, vous me dites qu'elle ne vous convient pas, nous trouverons autre chose. Si vous êtes d'accord, levez le bras. »

Les femmes levèrent le bras car elles connaissaient le plan élaboré par le peintre. Les hommes hésitèrent un peu, puis, l'un après l'autre, pensant aux nuits de solitude, levèrent timidement le bras.

« Alors voilà, reprit l'artiste. Une semaine sur deux, les femmes iront à la chasse et les hommes s'occuperont des tâches ménagères. »

Les hommes éclatèrent de rire, oubliant la seconde clause du contrat. Que des femmes puissent aller chasser leur paraissait impossible, ridicule et vraiment comique. Il leur tardait de les voir à l'œuvre !

Les femmes, en faisant preuve de qualités dont les hommes les croyaient dépourvues, démontrèrent très vite qu'ils avaient tort.

Compensant leurs forces moindres par l'astuce et la ruse, elles inventèrent des pièges tels que fosses munies de pieux acérés pour les aurochs et les mammouths, et collets ingénieusement disposés aux endroits de passage des plus petits animaux.

Quand les hommes virent les femmes rentrer, jour après jour, avec plus de gibier qu'ils n'en avaient jamais rapporté, ils furent sidérés. De leur côté, ce qui leur avait semblé facile, comme l'entretien de la grotte, le soin des enfants, la cuisine, la vaisselle, leur avait demandé des efforts insoupçonnés dont ils avaient du mal à se remettre.

Au bout d'une semaine, ils crièrent grâce et demandèrent à l'artiste de trouver une meilleure solution.

Le peintre, qui avait tout prévu, leur fit promettre de respecter le nouvel arrangement qu'il allait leur proposer. A bout de force, les hommes acceptèrent.

« Voici ce que vous allez faire désormais. Toutes les décisions seront prises en commun et l'avis des femmes comptera autant que celui des hommes. D'autre part, les femmes accompagneront les hommes à la chasse, activité dans laquelle elles ont su montrer de réelles dispositions, et les hommes participeront aux tâches ménagères au côté des femmes, sans rechigner. »

Ainsi fut dit, fut fait, et l'harmonie régna enfin dans la grotte.

Nous aurions encore beaucoup à apprendre de ces ancêtres-là !

II

LE MAMMOUTH

Le mammouth – épisode 1

Consternation au musée des néanderthaliens de Mettmann, en Allemagne. En prenant leur service, ce matin, les gardiens ont découvert avec effroi le vol de l'objet le plus précieux de la collection d'artéfacts du paléolithique. Il s'agit d'une des plus anciennes œuvres d'art connues, un petit mammouth en ivoire datant de 35 000 ans.

Aussitôt, le directeur du musée se rend sur le lieu du délit et constate la perte inestimable. Les vitres ont été brisées et la précieuse sculpture a été remplacée par un mammouth en peluche. Oui, vous avez bien lu, la petite sculpture préhistorique représentant un mammouth a été remplacée par une peluche du même animal !

Le directeur n'en croit pas ses yeux.

« Comment cela a-t-il pu se produire ? N'y avait-il pas un gardien de nuit ?

- Monsieur le directeur, vous l'avez renvoyé la semaine dernière car il dormait.

- Donc je suppose que ça n'aurait rien changé s'il avait été là. Pourquoi le système d'alarme n'a-t-il pas fonctionné ?

- Il est en panne, monsieur le directeur. Nous vous l'avons signalé il y a plusieurs mois.

- Vous avez raison, mais vous êtes au courant des restrictions de crédits. L'État nous demande de faire des économies, de montrer l'exemple.

STANTY
STANTY
AURIGNACIAN
MAMMOTH

On nous a dit de « dégraisser le mammouth » et voilà
où nous en sommes. Il a été tellement dégraissé qu'il
n'est plus là !

- Sans ce fleuron de notre collection, les visiteurs
seront moins nombreux et cela ne va pas arranger
nos affaires ! Qu'allez-vous faire, monsieur le directeur ?

- Eh bien d'abord, je vais appeler la police, évidem-
ment. »

Une heure plus tard, la police arrive enfin. Le commissaire est essoufflé.

« Vous en avez mis du temps !

- Je suis désolé, monsieur le directeur. Notre vieille
Volkswagen est tombée en panne et nous n'avons
pas les moyens d'en acheter une neuve ! Et puis, en
arrivant, nous avons trouvé votre ascenseur hors service et vos escaliers sont vraiment raides ! Permettez-moi de nous présenter. Je suis le commissaire
Helmut Schlau et voici l'inspecteur Otto Dumm.

- Bonjour commissaire. J'espère que vous retrouve-
rez rapidement le joyau de notre collection !

- Je l'espère aussi. Nous allons d'abord effectuer des
prélèvements que nous enverrons au labo. »

Le commissaire observe attentivement les vitres brisées et reste en arrêt devant la découverte qu'il vient
de faire.

« Otto, prélevez ces quelques poils sur la vitre. C'est
bizarre, ils ne ressemblent pas à des poils humains. »

DEUTSCHES
PALÄONTOLOGISCHES
MUSEUM
AURIGNACIAN
MAMMOTH

Le mammouth – épisode 2

« Bonjour, monsieur le commissaire. Avez-vous des nouvelles ?

- Oui, de bien étranges nouvelles ! Figurez-vous que les poils retrouvés sur les débris de verre ne correspondent à aucun humain et à aucun animal domestique. Les poils d'animal domestique, ça ne me surprend pas. Qui aurait l'idée de venir voler dans un musée avec son chat ou son chien ? Les spécialistes du laboratoire scientifique pensent qu'il s'agit de poils de panthera leo spelaea, plus connue sous le nom de lion des cavernes, une espèce disparue depuis onze mille ans. »

L'inspecteur Dumm prit la parole.

« Pourquoi une panthère serait-elle venue voler un mammouth ? »

Le directeur du musée interrogea du regard le commissaire qui lui fit signe de ne pas prêter attention à son adjoint.

« Allons, Dumm, comment voulez-vous qu'un animal sauvage, ayant disparu depuis des milliers d'années, pénètre dans un musée et vienne remplacer un objet préhistorique par une peluche ?

- Je connais bien cet animal, reprit le directeur. D'ailleurs, nous avons, dans le musée, un squelette de cette espèce du pléistocène, découvert dans la grotte de Vogelherd au siècle dernier. Nous avons aussi une fourrure de panthera.

- Vous feriez bien d'aller vérifier si cette fourrure est toujours là ! »

Le directeur fit signe à un des gardiens d'aller voir.

Quelques minutes plus tard, le gardien revint, catastrophé.

« Monsieur le directeur, elle n'est plus là !

- Tout s'explique ! reprit le commissaire. Le voleur a d'abord volé la fourrure de panthera avant de venir voler le mammouth et, en brisant les vitres blindées, quelques poils sont restés accrochés.

- Vous avez sans doute raison, monsieur le commissaire. Comment allez vous procéder ?

- Nous allons mener une enquête rigoureuse, chercher d'éventuels témoins, interroger tous les marchands de peluche et les spécialistes de cette période de la préhistoire. Pensez-vous qu'un de vos confrères, jaloux de la richesse de vos collections, aurait pu commettre ce vol ?

- Un directeur de musée ne pourrait pas faire ça car ce mammouth est mondialement connu ! Il serait donc impossible de l'exposer dans un autre musée. Quant aux paléontologues, ce sont des scientifiques honnêtes et respectueux, sûrement pas des voleurs. En revanche, des amateurs passionnés pourraient bien vouloir ajouter un artéfact aussi rare et précieux à leur collection privée. A présent, vous voudrez bien m'excuser, je dois contacter les assureurs et faire réparer la fenêtre que le voleur a brisée pour pénétrer dans le musée. »

Le mammouth - épisode 3

« Chef, nous devons vraiment faire tous les magasins de peluches de la ville ? Nous en sommes déjà à trois et aucun ne vend de peluches de mammouth.

- Regardez la devanture de celui-ci, Otto. Mon petit doigt me dit que c'est le bon. »

La petite clochette de la porte d'entrée tintinnabule.

« Bonjour monsieur. Je suis le commissaire Schlau et voici l'inspecteur Dumm. Nous aimerions savoir si vous avez des mammouths en peluche.

- C'est drôle ce que vous me demandez là ! J'en avais deux hier encore, mais quelqu'un est venu et les a achetés tous les deux. Deux peluches de mammouth identiques !

- Ah, très bien ! Nous sommes enfin à la bonne adresse. Connaissez-vous la personne qui vous a acheté les peluches ?

- Malheureusement, j'ai seulement eu affaire à un intermédiaire. C'est ce que m'a dit l'individu au moment où je lui demandais le nom de l'acheteur pour rédiger la facture.

- Et cet intermédiaire connaissait-il le nom du commanditaire ?

- Non, il m'a dit qu'un inconnu l'avait abordé et lui avait promis une somme d'argent en échange de ce service.

POLIZEI

- Donc, vous ne connaissez pas le nom du véritable acheteur.

- C'est exact. Et j'ignore pourquoi il tenait tant à rester anonyme. Je ne vends rien d'autre que d'innocentes peluches !

- Vous en êtes bien sûr ? demanda l'inspecteur Otto. Mettez-vous face au mur, les mains derrière le dos. Nous allons fouiller votre magasin !

- Allons, Otto, vous voyez bien que ce commerçant est honnête. Nous n'avons plus rien à faire ici. Monsieur, veuillez excuser le zèle de mon inspecteur. »

Une fois à l'extérieur du magasin, le commissaire explosa de rage.

« Qu'est-ce qui vous a pris, Otto ? J'ai pourtant l'habitude avec vous, mais je ne m'y fais pas.

- Chef, je ne le sens pas ce type. Il nous cache quelque chose. Je suis sûr que ses peluches servent à faire passer de la drogue !

- Otto, vous regardez trop de séries policières. Rentrons au commissariat car nous devons penser à lancer un appel à témoins. »

En arrivant au commissariat, un policier interpella le commissaire.

« Monsieur le commissaire, quelqu'un a téléphoné. Il dit avoir vu un homme s'enfuir du musée hier soir.

- Ah, c'est une bonne nouvelle ! Rappelez-le et dites-lui de venir demain. Nous allons procéder à une confrontation avec les membres d'un club d'archéologues amateurs que vous allez convoquer, Otto.

- Je peux savoir pourquoi, chef ?

- C'est pourtant simple ! Le directeur du musée nous a dit que des archéologues pourraient avoir envie d'avoir chez eux une pièce rare, comme ce mammouth en ivoire.

- Quelle drôle d'idée, chef !

- Ah, vous trouvez ? Et pourquoi donc ?

- Eh bien, chef, un animal en ivoire ça ne sert à rien. Il vaut mieux un vrai animal.

- Si je vous comprends bien, Otto, vous suggérez que ces amateurs de préhistoire devraient avoir chez eux un véritable mammouth ?

- Exactement, chef ! Un animal en chair et en os, c'est affecteux.

- Eh bien, voyez-vous, mon cher Otto, de nos jours les mammouths sont plus en os qu'en chair !

- J'ai du mal à vous suivre, chef.

- C'est sans importance, contentez-vous de me suivre là où je vais.»

Le mammouth – épisode 4

« Messieurs, merci d'être venus. Vous allez vous mettre devant le mur et quelqu'un, derrière ce miroir sans tain, va tenter d'identifier celui qu'il a aperçu devant le musée après le vol d'un objet rare.

- Vous nous soupçonnez d'être des voleurs juste parce que nous sommes passionnés de paléontologie ? C'est inadmissible !

- Désolé, c'est la procédure habituelle. Je suis sûr que vous êtes innocents et que vous pourrez bientôt rentrer chez vous. »

Le commissaire passa dans la pièce où le témoin se tenait derrière le miroir sans tain.

« Bon, monsieur, reconnaissez-vous l'homme que vous avez aperçu l'autre soir ?

- Là, comme ça, je ne peux pas savoir.

- Comment ça ? Que voulez vous dire ?

- Eh bien, les hommes qui sont là sont de face alors que celui que j'ai vu s'enfuir s'éloignait. Il était de dos. Ça change tout ! »

Le commissaire parla dans l'interphone.

« Messieurs, veuillez vous retourner. »

Puis, s'adressant au témoin…

« Ça va mieux comme ça ? L'homme que vous avez aperçu est-il ici ?

- Je ne peux pas savoir car il faisait sombre et ici il y a trop de lumière. Ça change tout ! »

Le commissaire, agacé…

« Otto, allez éteindre la lumière !

- Et là, vous le reconnaissez ?

- Je ne sais pas. Ici les hommes sont immobiles alors que l'homme que j'ai apercu s'éloignait en courant. Ça change tout !

- Allons, je ne peux pas demander aux suspects de courir dans le commissariat ! Faites un effort ! Nous n'avons pas dérangé ces personnes pour rien !

- Désolé, je ne reconnais personne. »

Le commissaire appuya de nouveau sur le bouton de l'interphone.

« Bon, messieurs, vous pouvez disposer. Nous perdons notre temps. Désolé. »

Quand les suspects et le témoin furent partis, le commissaire s'adressa à l'inspecteur.

« J'ai une intuition. Nous allons nous rendre dans la grotte de Vogelherd où le mammouth en ivoire avait été découvert. Il est possible qu'un indice nous mette sur la bonne voie.

- J'espère que vous ne comptez pas me faire entrer dans cette grotte, commissaire ! Je suis claustrophobe.

- Je serai là, Otto, vous n'avez rien à craindre. Et si ça peut vous rassurer, un autre inspecteur se joindra à nous. »

Quelques heures plus tard, le commissaire, Otto et un autre collègue se trouvaient devant l'entrée de la grotte.

« Êtes-vous prêts ? demanda le commissaire. »

Otto n'était pas rassuré. Il voulait rester dehors, mais le commissaire insista pour qu'il entre, ce qu'il fit à contrecœur, en trainant des pieds.

A peine avaient-ils pénétré de quelques mètres dans la grotte que les trois policiers firent une découverte qui les stupéfia.

POLI ZEI
POLIZEI

Le mammouth – épisode 5

« Des gens sont venus faire du feu dans cette grotte et ils ne sont pas loin, mais nous n'allons pas courir après eux car je crois savoir qui ils sont. Nous allons immédiatement retourner à Mettmann et perquisitionner les domiciles des paléontologues amateurs. Je ne serais pas surpris d'y retrouver le mammouth et la fourrure de panthère ! »

Les perquisitions ne furent pas fructueuses. Les policiers ne trouvèrent que quelques silex taillés et quelques fragments de squelettes.

« Otto, je suis sûr que ces gens nous cachent quelque chose. Ils se sont méfiés après leur convocation au commissariat et ils ont caché leur butin quelque part. Vous allez les convoquer une nouvelle fois et, surtout, faites-les parler.

- Moi tout seul, monsieur le commissaire ?

- Oui, Otto, je dois aller rencontrer le ministre pour le tenir informé de l'enquête. »

L'inspecteur avait à cœur de ne pas décevoir son chef et il employa les grands moyens pour essayer d'amener les « suspects » à faire des aveux.

« Messieurs, nous avons les moyens de vous faire parler. Et si vous refusez, je demanderai à mon chien Scopolamine de s'occuper de vous ! »

Sous la menace des crocs du molosse, ils parlèrent. Oui, c'était bien eux qui avaient fait du feu dans la grotte. Oui, ils se réunissaient régulièrement dans ce

POLIC

lieu pour s'imprégner de son atmosphère, imaginer les gens qui y avaient vécu. Oui, ils se couvraient de peaux de bêtes pour se mettre littéralement dans la peau des habitants de la grotte. Il n'y avait rien de mal à cela. En revanche, ils n'étaient pas à l'origine du vol du mammouth en ivoire, ajoutant qu'ils n'étaient pas les seuls à se rendre dans cette grotte.

« Vous mentez ! Cria Otto. Et il lâcha son chien sur les amateurs de préhistoire, au mépris de la présomption d'innocence. »

Les cris alertèrent les autres policiers du commissariat qui parvinrent, non sans mal, à maîtriser le chien et à calmer leur collègue. A moins que ce soit le contraire.

Le commissaire arriva à ce moment-là.

« Malheureux, qu'avez-vous fait ? Je vous avais dit de les faire parler, pas de les torturer !

- J'ai voulu bien faire, chef.

- Eh bien, la prochaine fois, si vous n'êtes pas révoqué, essayez de mal faire, comme d'habitude ! En attendant, nous sommes obligés de relâcher les suspects en espérant qu'ils ne porteront pas plainte. A cause de vous, l'enquête va sûrement nous être retirée et le responsable du vol court toujours !

- Chef, qui vous dit qu'il court toujours ? Il s'est peut-être arrêté pour reprendre son souffle !

- Dumm, je suis désolé de vous le dire abruptement, mais vous méritez bien votre nom ! »

L'enquête reprendra-t-elle ?

Connaîtrons-nous un jour l'identité du voleur ?

Je vous propose, pour passer le temps, de retourner voir nos petits personnages de la grotte, en faisant un bond en arrière de 35 000 ans…

Le mammouth – épisode 6

Souvenez-vous... Nous avons quitté nos ancêtres du paléolithique au moment où les efforts de conciliation du peintre portaient leurs fruits. Hommes et femmes partageaient toutes les activités du groupe et l'harmonie régnait dans la grotte. Rassurez-vous, c'est toujours le cas au moment où nous les retrouvons, un an plus tard. Les femmes, en suivant les cours du soir dispensés par le peintre aux multiples talents, ont fait d'énormes progrès en expression orale et les hommes sont à leur tour demandeurs. Point de jalousie de leur part, juste l'envie d'être aussi instruits que les femmes. Ils ont réalisé que la force brute ne suffisait pas et que la maîtrise du langage ouvrait de nouvelles perspectives.

Chers lecteurs, comme vous le savez, c'est ce nouveau régime, plus équilibré, mêlant viande cuite, céréales diverses et légumes, qui a maintenu nos ancêtres en meilleure santé avec, pour conséquence, d'allonger leur espérance de vie. Vivre plus longtemps a permis d'avoir le temps de transmettre les connaissances acquises aux enfants, ce qui a marqué le début de la civilisation. Quant à l'humanité, au sens moral où nous l'entendons aujourd'hui, elle a commencé lorsque, dans un groupe, le blessé ou le malade a reçu des soins. Immobilisé par une fracture ou une forte fièvre, les autres membres du groupe se sont occupés de lui, l'ont soigné et nourri en attendant sa guérison. Tout cela, me direz-vous, est apparu plus tard, au néolithique. Vous avez sans doute raison. J'avoue avoir pris quelques libertés avec la vérité préhistorique, pour les besoins de mon histoire. Et vous voudrez bien me pardonner si j'aggrave mon cas en ayant une pensée pleine de reconnaissance pour le peintre de mon histoire sans qui rien ne mériterait d'être raconté.

Donc, retrouvons nos amis au moment où le peintre réintègre le groupe après une absence de plusieurs jours. Il n'avait prévenu personne et, depuis son retour, n'a donné aucune explication.

Hommes et femmes sont intrigués, surtout celle qui est devenue sa compagne et qui s'apprête à accoucher. Elle ne lui en veut pas. Il avait sûrement de bonnes raisons de s'éloigner et elle était sûre qu'il reviendrait. Le prétexte d'aller chercher des cigarettes pour s'enfuir et ne pas revenir était inconnu à l'époque.

« Vas-tu enfin nous dire où tu étais passé ? demanda le chef.

- Chers frères et chères sœurs, c'est un long voyage que j'ai fait et vous ne me croiriez pas si je vous disais où je suis allé.

- Nous ne voulons pas te forcer à nous le dire, même si nous aimerions bien savoir comment tu peux être aussi savant. As-tu trouvé quelque part des humains plus évolués que nous ?

- Tu as deviné juste. J'ai, effectivement, trouvé des humains très avancés, mais ils ont aussi des défauts que nous n'avons pas. Beaucoup de défauts !

Ils sont cupides, voleurs à l'occasion, égoïstes, dépourvus d'empathie et, pour couronner le tout, très agressifs, toujours en train de se faire la guerre. C'est pourquoi je préfère être avec vous. Notre vie est rude et incertaine, semée d'embuches, mais nous connaissons le calme et la paix. »

Puis, se tournant vers sa compagne…

« J'ai rapporté de l'endroit où j'étais un cadeau pour notre enfant. J'espère qu'il l'aimera. »

Quelques jours plus tard, le groupe compta un petit membre de plus, pour le plus grand bonheur du peintre et de sa compagne. Le bébé était encore trop jeune pour apprécier le cadeau rapporté par son père. En revanche, je suis sûr, chers lecteurs, qu'il vous plaira… et vous intriguera !

Suspense…

Qu'est-ce que je fais ici, moi ?

Les images ont été générées
par intelligence artificielle
via chatGPT

Pour me contacter : deniscordat@gmail.com

FSC
www.fsc.org
MIXTE
Papier issu
de sources
responsables
Paper from
responsible sources
FSC® C105338